100分間で楽しむ名作小説

みぞれ

重松 清

角川文庫
24405

目次

みぞれ　五
遅霜おりた朝　三七
ひとしずく　七三

みぞれ

父の声を聞けなくなって、もう二年になる。

少し鼻にかかって濁った声――優しい口調よりも怒気をはらんだ口調のほうが似合うし、実際、記憶をたどって浮かんでくるのはそういうときの声ばかりだ。

「よく叱られたよね、お父ちゃんには」

小春日和のやわらかい陽光が射し込む居間には、父と僕しかいない。さっきまで父の隣に座っていた母は、気をつかってくれたのか、「お茶をいれてくるけん」と台所に立ったきり、なかなか戻ってこない。

「怖かったよ」

苦笑交じりに言う僕の顔を、父はちらりと見る。安楽椅子の背に頭を預けたまま、目の向きを変えた。反応はそれだけだった。

「大きな声になるときも怖かったけど、逆に、声が急に低くなって、『ちょっとここに座れ』って言うとき……そっちのほうが怖かったなあ、子どもの頃は」

父は目を閉じて、頬をゆるめた。

そうだったなあ、と笑っているのだろうか。それとも、頬をゆるめたように見えるのは——筋肉を思いどおりに動かせず、表情を引き締めることができなくなっているから、なのだろうか。

僕は煙草をくわえ、火をつける。部屋に入ってまだ一時間たらずなのに、小ぶりの灰皿は吸い殻で埋まっている。ぜんぶ僕が吸った。吸い殻は長いものばかりだ。火をつけて二口三口吸っては捨て、すぐにまた手持ちぶさたになって新しい煙草をくわえる、その繰り返しだった。

母には、ついさっき「煙草の吸いすぎは良うないよ」と言われた。「あんたも四十過ぎなんやけん、そろそろ体のことも考えんといけんよ……」

僕が煙草を吸うことを——それもヘビースモーカーやチェーンスモーカーと呼ばれるほどの本数を吸っていることを、母はひどく心配している。それも、以前は「体によくないよ」と顔をしかめる程度だったのが、最近は「宏美《ひろみ》さんや俊介《しゅんすけ》のことも考えんさい」と、妻や一人息子まで持ち出してくる。

気持ちはわかる。

同じように煙草を吸っていた父は、十三年前に脳梗塞《のうこうそく》で倒れた。いまが七十四歳だから、六十一の頃だ。煙草が直接の原因とは言わなくとも、長年の喫煙習慣が体に悪い影響をおよぼしていたことは間違いない。

幸い、父の脳梗塞は重篤なものではなく、後遺症も右半身に痺《しび》れが残る程度ですんだ。たまに舌がもつれることはあっても、酒に酔うと以前と変わらずよくしゃべった。ふだんは無口で無愛想なくせに、酒が入ると陽気になり、饒舌《じょうぜつ》にもなる——父はそういうひとだった。

医者は禁煙を強く勧めた。母も、僕も、三つ下の妹の多香子《たかこ》も、「せっかく助かった命なんだから、大事にしないと」と言った。そのときは神妙な顔でうなずいていた父だったが、結局煙草とは縁が切れなかった。控えるように医者に言われた酒も、もう定年退職していたせいもあって、飲む量が減るどころか、コップに注いだ焼酎《しょうちゅう》のお湯割りを昼間からちびちびと飲むようにもなって、母が近所の酒屋に焼酎の一升瓶を注文するペースは倒れる前よりむしろ早くなってしまったらしい。

だから――なのだろうか。

脳梗塞を起こして四、五年たった頃から、父の体は急速に衰えてきた。右半身、特に脚の痺れがひどい。右脚に体重をかけられず、なにかにつかまらないと歩けない。杖《つえ》を使っても、数メートルの距離を何分もかけて歩くのが精一杯になってしまった。

さらに、言葉をうしなった。顎《あご》や口の動きが目に見えて悪くなり、それだけでなく、おそらく脳の言語中枢にも障害があるのだろう、口を開いても言葉がほとんど出てこなくなった。

いまは、父が自分から話しかけてくることは、まず、ない。こちらの言葉への返事も「おお」と「ああ」ぐらいのものだ。ふるさとから遠く離れた東京に暮らす僕が、地方出張のついでに実家に顔を出したときには、はらはらするぐらいの間を空けて「お……か……え……り」と言って迎えてくれる——今日もそうだ。だが、その声は、僕の知っている太い声ではない。誰かのしわぶき一つで聞こえなくなってしまいそうな、かすれた細い声。吐き出す息にかろうじて言葉が乗っているという体《てい》のものだった。

「ねえ、お父ちゃん」

父から目をそらし、稲の刈り入れが終わった田んぼをぼんやり見つめて、僕は言う。

父は黙ってコップを口に運び、焼酎のお湯割りをほんの少しだけ啜《すす》る。

煙草の先を灰皿に押しつけて消した。今度の吸い殻もまた長いままだった。

「デイサービス、やめちゃったんだってね」

先月から始めた通所介護のサービスを、二、三回受けただけで、父は断ってしまった。

「多香子も……困ってたよ」

父は小さくうなずいて、僕を見た。

しょんぼりとした顔をしていた。だが、感情がにじんでいるわけではない。これもまた脳梗塞が悪化したせいなのか、いまの父は目を見開くことができない。まぶたが重たげに垂れ下がって、だからいつも、しょんぼりと寂しそうに、誰かに叱られて謝っているようにも見えるのだ。

「やっぱり、この家がいいの？」

父は黙っていた。

「あのさ……」新しい煙草をくわえ、フィルターを嚙《か》みしめて、つづける。

「お父ちゃんの気持ちはわからないわけじゃないけど、こんな田舎でお母ちゃんと二人きりだと、やっぱりこっちも心配なんだよ」

ライターに手を伸ばしかけ、まあいいや、と思い直して、煙草を箱に戻した。

「心配っていうか……迷惑なんだよ」

父を見ずに言った。

自分の言葉の冷たさと身勝手さと残酷さはわかっているから――「迷惑なんだ、ほんとに」と静かに繰り返した。


妹の一家は、ふるさとの町から車で一時間ほどの距離にある県庁所在地に住んでいる。半年前に自宅を新築した。妹は両親を引き取って同居するつもりで部屋を用意し、床をすべてバリアフリーにして、最初の設計では階段になっていた玄関のアプローチも、車椅子で通れるようにスロープに変えた。妹の夫の哲郎《てつろう》さんも妻の両親との同居を快く受け容《い》れてくれて、長男らしいことをなにひとつしていない僕も、妹夫婦へのせめてものお礼とお詫《わ》びのしるしとして、バリアフリーやスロープの工事費用を負担した。

初夏の日曜日、新築間もない妹の家に、両親はやってきた。とりあえず身の回りのものだけ持って、あとは同居をつづけながら少しずつ実家を整理して、一年後を目処《めど》に引き払う、という話になっていた。

その日は、僕も宏美や俊介を連れて東京から帰省した。僕の家族と、妹の家族――みんなが顔を揃えるのは何年ぶりかのことだった。妹の二人の娘は、おじいちゃんとおばあちゃんを歓迎してくれていた。哲郎さんも、恐縮する僕を逆に気づかうように「そばにいてもらったほうが、こっちも安心ですから」と言ってくれた。

確かにそうだ。ふるさとの実家は、昭和の初期に建てられた古い家をだましだまし手直しして使っている。人口が八千人を割り込んだ町は、昨年、隣の市に合併されて、住民サービスはさらに悪くなってしまった。鉄道は廃線寸前で、バス路線はとうに廃止になった。運転免許のない母は、町内のどこに行くにも歩くしかない。そして、母が家を空けると、父は来客への応対はもちろん電話に出ることすらままならないのだ。

病院は町内に医院が一軒、合併した市内にはそれなりの規模の病院はあるものの、「足」がなければ通院は難しいし、一刻を争う事態が起きたときは――それも運命だからしかたないよな、と自分に言い聞かせていた。だから、妹が両親と同居すると言ってくれたときには、ほんとうにほっとした。父のためというより、不便な田舎での二人暮らしに疲れていた母のために、いや、両親よりもむしろ僕自身の本音として、助かった、と思ったのだった。

食卓には妹と宏美が手分けしてつくった心づくしのごちそうが並んでいた。父は焼酎のお湯割りをちびちび飲み、喉《のど》に詰まらないように小さく切り分けた料理を、少しずつ、ゆっくりと、震える箸《はし》の先からときどきぽとりと落としながら食べていた。

昔なら、こういう日の父は座を取り仕切り、おどけたり腹を揺すって笑ったりして、飲み過ぎだと母に叱られるのもまた酒のサカナになって、にぎやかに過ごしていたものだった。だが、もう父は話せない。フローリングの床に座り込んだ僕たちのおしゃべりを、一人だけ離れた場所の椅子に座って、黙って聞いているだけだった。

それでも、父は楽しそうだった。うれしそうでもあった。言葉をなくした頃から表情の変化も乏しくなった父だが、息子として、それくらいはちゃんとわかる——はずだった。

だが、夏が終わる頃、両親はふるさとに帰ってしまった。新しい生活は四ヵ月ほどしかもたなかった。

妹の家族と折り合いが悪くなったわけではない。妹にも哲郎さんにも思い当たるふしはなかった。

なのに、父は、どうしても田舎に帰ると言い張った。こわばった口を懸命に動かし、まぶたに隠れた目を必死に見開いて、「か……え……る」と母に訴え、母もそれに応じたのだった。

僕にはわからない。自分から命を縮めに帰るようなものじゃないかと思ったし、心の奥のもっと深いところでは、お父ちゃんはもう死にたがってるんじゃないだろうか、とも思った。

だから、今日、出張中のスケジュールをやりくりして、ふるさとのわが家を訪ねた。「お父ちゃん、なに弱気になってるんだよ、しっかりしてよ。もっと長生きしてくれなきゃ困るじゃないか」とハッパをかけるために父と向き合っている。

ゆうべは、絶対に、叱りつけるような口調でそう言ってやるつもりだった。

だが、いま――夏に会ったときよりもさらに弱々しくなった父を見ていると、「生きろ」と言いつのることがいいのかどうか、わからなくなってしまった。

体の自由が利かず、言葉をなくし、表情もなくして、それでもまだ、ひとは「生きる」目的や楽しみを持ちつづけていけるものなのだろうか……。

台所から戻ってきた母は、「外はどんどん冷え込んできとるよ」と肩をすぼめた。確かに寒い。天気も急に悪くなってきた。十一月の終わりでも、山に囲まれたこの町の季節は、もう冬だ。午後の早いうちは晴れていても、夕方には雲が出て天気がくずれる。先週から、朝には霜がおりているのだという。

「なあ、洋司《ようじ》」

母は急須《きゅうす》のお茶を湯呑《ゆの》みに注ぎながら、「今夜は泊まれんのん？」と訊《き》いた。

「うん……ごめん、六時から会議だし、明日の朝までにホテルでやらなきゃいけない仕事もあるから」

いまは午後四時。あと一時間ほどで家を出なければ会議に間に合わない。

「ちいと早めになるけど、晩ごはん、食べるじゃろう？」

「うん……でも、いいよ」

「朝から用意して、あとは揚げるだけなんよ」

母は僕が実家に帰るときは、必ずスコッチエッグとロールキャベツをつくる。子どもの頃からの大好物だ。洋食が「おふくろの味」になるというのが、いかにもいまどきの中年男らしく、宏美にはいつも笑われてしまう。

「洋司が来るときぐらいのもんじゃけんねえ、揚げ物を家でするんは」

「……だいじょうぶなの？」

「なんが？」

「だから……油とか、危ないからさ、あんまりやってほしくないんだよね」

母はちょっと寂しそうな顔になって、「平気平気」と笑った。

「あと、ロールキャベツもつくってるの？」

「うん、あれはもう火にかけて煮込むだけじゃけんねえ」

「いまも？　火にかけてるの？」

当然のようにうなずいて、「とろ火で時間をかけて煮込んだら美味《おい》しゅうなるんよ」と笑う母に、思わず舌打ちしてしまった。

「危ないよ、止めてきてよ。いつも言ってるだろ、火にはとにかく気をつけてくれって」

狭い台所だ。昔の家らしく、居間からも遠い。万が一のことがあってもここにいては気づかないし、たとえ気づいたとしても、父や母にはなにもできない。

「ほんと、頼むよ、冬場にはストーブだって使うんだし」

この家では暖房に灯油ストーブを使っている。エアコンやファンヒーターでは、電気のブレーカーが落ちてしまうのだ。容量を上げると、家のつくりじたいが古いので漏電の危険があるらしい。

「早く止めてきてよ。もしアレだったら、僕が行くから」

「ええよ、お母ちゃんが行くけん。ついでにスコッチエッグも揚げてくるわ」

母は、よっこらしょ、と立ち上がって台所に戻る。コタツに腰を落ち着ける間もなかった。部屋を出ると廊下の寒さに身を縮め、両手で胸を抱く。部屋の中と外の温度差は老人には危ない。わかっていても、どうすることもできない。

僕はため息を呑み込んで、湯呑みを手に取った。内側が茶渋で汚れている。老眼が進んでいる母の目では、もう気づくことはできないのかもしれない。

お茶を啜《すす》る。もうちょっと優しい言い方をすればよかった。いまになって悔やむ。父は黙って、窓の外に広がる冬枯れの野山の風景を見つめていた。

母がいなくなった居間は、また静かになった。

父は焼酎《しょうちゅう》のコップを手から離さない。もうすっかりぬるくなって、中に入れた梅干しもふやけてしまっているのに、「新しいのをつくり直そうか?」と声をかけても、黙ってかぶりを振るだけだった。

これが、父の晩年だ。一日中、居間の椅子に座って、なんの代わりばえもしない窓の外を眺めながら焼酎を啜って過ごす。ときどき新聞や本を読み、テレビを観ることはあっても、母の話に気のない相槌《あいづち》を打つだけで、誰とも交わらず、話さず、笑わない一日というのがどんなものなのか——

僕には見当もつかない。きっと、いまの僕と同じ年齢の頃の父だって、自分がこんな老いの日々を過ごすことになるとは夢にも思っていなかっただろう。

高校を卒業して家を出るまで、父と二人でなにかをしたという記憶はほとんどない。子どもの頃の父はただひたすら怖いだけの存在だったし、中学生や高校生になると父に反抗ばかりしてきた。大学入学を機に上京してからは、奨学金とアルバイトで生計を立て、父からはいっさい仕送りを受けなかった。就職も、結婚も、転職も、父には一言も相談せずに決めた。

あの頃の僕は、なぜあんなにも父に反発していたのだろう。

父はわが家の絶対的な君主だった。なにか気に入らないことがあると、すぐに声を荒らげ、ときには小学生の僕にも平手打ちをした。ぶたれた直接の痛みよりも、その前の、恫喝《どうかつ》にも似た憎々しげな脅し文句のほうが、幼い僕の心に深い傷を残していた。

父は酒が好きだった。わが家は裕福なほうではなく、たとえば中学時代に入っていた野球部では、ユニフォームはもちろん、スパイクやグローブ、バット、アンダーシャツに至るまで、すべて先輩からのお下がりを使った。野球部にいるのならグローブとバットぐらい買ってやらないと、という発想が両親にはなかったのか、あっても黙っていたのか、先輩の名前をサインペンで消した一着きりのアンダーシャツを物干し竿《ざお》に干しながら、父の晩酌のための酒を切らすことはなかった、そんな両親だった。父に対する反発の半分は、父に決して逆らわない母へのいらだちだったのだと、いまは思う。

父は強いひとだった。あの頃の僕はそう思っていた。腕っぷしも、酒の飲み方も、博打《ばくち》も、仕事も、物知りなところも、怒りっぽいところも、ものごとを一方的に決めつけるところも、すべて。母も、僕が幼い頃からずっと「お父ちゃんは偉いんじゃけん」と言い聞かせてきた。強い父親だから息子が反抗するのはあたりまえだよな、と生半可に納得もしていた。

違っていたのだ。

父は、強くもなんともなかった。

三十歳を過ぎた頃から、父との関係が微妙に変わってきた。反発することが減って、酔った父が問わず語りに口にする思い出話にも素直に耳を傾けるようになった。

僕はもうおとなだった。夫でもあり、父親でもあった。

おとなの僕の目に映る父の姿は、子どもの頃よりも小さくなっていた。父が歳をとったからというのではなく、昔の父が身にまとっていた「強さ」の鎧《よろい》が次々にはがれ落ちていったからだ。父は強いから毎晩酒を飲んでいたのではなかった。強いから妻や子ども相手に声を荒らげていたのではなかった。会社の上司のことを悪しざまに罵《ののし》るのも、会社を何度も辞めてしまったのも、強さからではなかったんだと、おとなの僕には、もう、わかっていたのだ。

父は強いふりをした弱いひとだった。

分厚くてたくましかった背中も、ごつごつしていた握り拳《こぶし》も、おとなの目であらためて振り返ってみると、他の父親と比べて勝っているわけではなかったんだと気づく。「生意気なことを言うな」と僕をにらみつけていたときのまなざしにも、問答無用で押し切らなければならない微妙な気弱さがにじんでいたんだと、わかるようにもなった。

そしていま、父は、もう、強いふりすらできなくなった。

部屋の四隅には、木炭を入れたカゴが置いてある。室内用の便器から漏れてくるにおいを消すために。いまの父は、尿意や便意を催してから部屋を出てトイレに向かうのでは間に合わない。夜中には布団の中で粗相をしてしまうことだって、ある。

後始末は、すべて母がする。父を風呂《ふろ》に入れるのも母が一人で——秋の初め頃には、父の体を支えているときに足を滑らせて、二人で浴槽に落ちてしまったこともあったのだという。

母は、そんなあれこれを自分からは話さない。僕が「最近どうなの？」と訊いて初めて、笑いながら教えてくれる。笑える話ではないのだ。なのに、笑う。「お父ちゃんとお母ちゃんのことは心配せんでええけんね、あんたは東京でがんばりんさい」と言う。それが僕をよけいにいらだたせてしまう。

父は、椅子の背もたれから体を起こし、肘《ひじ》掛けに手をついて、ゆっくりと腰を浮かせた。「トイレ？」と訊くと、黙ってうなずき、立ち上がろうとする。体重がかかると、腕が震える。肘掛けは丈夫なつくりだったが、なにかのはずみに腕で体を支えそこねてしまうと、父は椅子から転げ落ちて、そのまま、二度と起き上がれなくなってしまうだろう。

「だいじょうぶ？　ちょっと待って、危ないから」

僕はあわてて立ち上がり、父の肩を支えた。体が軽くなった。脚も細くなった。杖のグリップを上から握り込む手の甲には、黒ずんだ染みがいくつも浮いている。

父を便器の前に立たせ、「だいじょうぶだよね？　自分でできるよね？」と念を押して部屋を出た。もしも父が手伝ってほしいというそぶりを見せたら、すぐに母を呼ぶつもりだった。

僕はおとなとして強いのか弱いのか、自分ではわからない。ただ、ずるい息子ではあるだろうな、とは認める。

廊下は寒い。足元から冷気がじわじわとまとわりついてくる。

父は今年の冬を越せるのだろうか。

たとえ春を迎えたからといって、なにも変わらない。もしかしたら、その頃にはもう昼間からオムツをあてることになっているかもしれない。認知症の症状も出ているかもしれない。もっと別の、痛みに苦しまなければならない病気に冒されてしまうかもしれない。

いつまで生きることが父の幸せなのか、僕にはわからない。

いつ、どんなふうに生涯を閉じれば、父は最も幸せな死に方を迎えたと言えるのだろう。わからない。ほんとうに、わからない。もしかしたら、父は、いちばん幸せな死のタイミングをすでに逃してしまっているんじゃないか、とも思うのだ。

母のつくってくれたスコッチエッグとロールキャベツを食べた。「ひさしぶりにつくったけん、味のほうはわからんけど」と母は言い訳していたが、どちらも美味《おい》しかった。ただ、ロールキャベツは前に食べたときよりサイズが小さくなった。ここのところずっと、帰省して母の手料理を食べるたびに、そのことを思う。挽肉《ひきにく》とタマネギを混ぜたパテをおむすびのように丸めてキャベツでくるむ――そのロールキャベツが小さくなったのは、つまり、母の手が小さくなったということでもある。

母は、父より一つ下だから、七十三歳。もう、いつどんなことがあっても不思議ではない歳なんだ、とあらためて嚙《か》みしめる。

父は年老いた。

母も年老いた。

そして、二人はいずれ――うんと遠い「未来」や「将来」ではないうちに、僕の前から永遠に姿を消してしまう。

いつの頃からだろう、僕は両親の死を冷静に見据えるようになっていた。二人の「老い」を実感してから、「死」の日がいずれ訪れることを受け容れるまで、思いのほか早かった。二人が亡くなるのは、もちろん、悲しい。涙だって流すだろう。だが、その涙には、自分の中のなにかが引き裂かれてしまうような痛みは溶けていないはずだ。

僕は、冷酷で身勝手な息子なのだろうか。

食事を終えると、もう帰る時間が迫っていた。

結局、父とはほとんどなにも話せなかった。代わりに、言いたかったことは食器の片づけで台所に立ったときに母にぶつけた。

「わがままなんだよ、お父ちゃんは」「お母ちゃんがそれを許すからだめなんだ」「ひとの世話になりたくないって、そんなこと言ってられるような立場じゃないだろ、もう」「それは多香子の家はここより狭いし、窓を開けても隣の家の壁しか見えないけどさ、そんなの贅沢《ぜいたく》だと思わない？」

「結局、お母ちゃんにぜんぶ負担が行くわけじゃないか」「はっきり言うよ、もしお母ちゃんが倒れたりしたら、僕も、多香子も、宏美も、哲郎さんだって、みんな困るんだよ、ほんとに迷惑するんだよ」……。

また「迷惑」という言葉をつかってしまった。決して口にしてはならない言葉なんだとわかっているのに、いまの自分の気持ちをいちばん素直に伝えるには、そう言うしかない。

母は一言も言い返さなかった。「そうじゃなあ、洋司の言うとおりじゃなあ」と相槌を打ち、「それはようわかっとるんよ」とうなずき、こっちの話が途切れると、不意に「俊介は元気で学校に行きよるん?」と話を変えてしまう。

要は本気で受け止めてはいないのだ。はいはい、と受け流しているだけなのだ。

「甘やかさないでよ、お父ちゃんを」

ずっと思っていた。

最初に脳梗塞で倒れたあと、もっとしっかりリハビリをしていれば、ここまで脚が衰えることはなかった。

酒も煙草もやめられなかったのは、そばにいる母がなにも言わなかったからだ。

妹の家から引き上げたときも、母がもっと強い態度でいれば、父には一人で田舎に帰ることなどできなかったのだ。

まだある。もっとある。子どもの頃からのこと、すべて。

母はなにも言い返さない。

ただ一言――「ずっと、そげんしてきたけん、それ以外にやり方がわからんのよ」と、寂しそうに笑うだけだった。


雨が降り出した。

雲の色は、重たげな鉛色の部分と、陽光がうっすら透けて底光りしている部分とが入り混じっている。

「みぞれになるかもしれんねえ……」

母は新しいお茶をいれながら言う。

「冬だよ、もう」

僕は腕時計を気にしながら言う。

父は黙って、窓の外を見つめている。

そろそろ出なければならない。なんの言葉も交わすことのない父との時間は、まるで墓参りのようなものだった。いや、いっそ、真新しい御影石《みかげいし》の墓と向き合ったほうが、たくさん話せて、もしかしたら遠くから父の返事だって聞こえてくるかもしれない。

お父ちゃん――。

田舎に帰るたびに、思う。ほんとうに僕が訊きたいことは、一つしかないんだと。

お父ちゃん、まだ生きていたい――？

生きていることは、楽しい――？

なんの楽しみもなくても、一日でも長く生きていたい——？

決して訊けないから、その問いは胸の奥から消えることはない。それが消えたとき、僕は生まれて初めての喪主をつとめているだろう。この数年ですっかり人付き合いをしなくなった父の葬儀は、きっと、寂しいものだろう。父を悼むよりも、むしろ母が楽になったことを喜んでくれるひとのほうが多いかもしれない。

「今日は、洋司が来てくれたけん、お父ちゃんもご機嫌やねえ」

母は父の顔を覗《のぞ》き込んで「ねえ？」と笑う。父は目を閉じて、頬をゆるめる。照れくさそうに、少し困ったように、でもさっきまでとは違って、ほんとうに笑っているんだとわかる頬のゆるみ方だった。

父はゆっくりと目を開け、ふと思いだした顔になって母を見た。それだけで母には通じた。「あ、いけんいけん、忘れとったわ」とコタツから出た母は、「洋司、まだ時間あるじゃろ？　二、三分でええけん」と言って、ばたばたと部屋を出て行った。走ったら危ない、転んで脚の骨でも折ったらどうするんだ、何度も口を酸っぱくして言っているのにわからない。やれやれ、とため息をついて、父を振り向いた。「なんなの？　忘れてたものって」と訊いた。

返事はない――はずだった。最初からそれはわかっていて、あきらめていて、胸の中に澱《よど》むため息の残りを吐き出すために声をかけただけだった。

だが、父は口を小さく動かした。

て、え……ぷ。

かすれた声で言って、ほんのそれだけで体力を使い果たしたように、肩で息をついた。

「テープ？　いま、テープって言ったの？」

今度はもう、黙ってうなずくだけだった。

母が戻ってきた。手に、妹が高校時代に使っていた古いラジカセを提げていた。

「納戸の整理をしとったら、昔のカセットテープが出てきたんよ。洋司、あんた、これ覚えとらん？」

母が見せたのは、ラベルに『試聴用』と書いてあるテープだった。覚えている。僕が小学五年生の頃、わが家は初めてカセットテープレコーダーを買った。このテープは、そのときに電器屋さんが付けてくれたものだ。演奏だけの海外のポップスが何曲か入っていたはずだが……たしか、父が……。

はっと気づいて顔を上げると、母は「そうなんよ」と笑った。「みんなで吹き込んだんよね、順番に」

せっかちな父は、明日には生テープを買ってくるからというのを待ちきれずに、試聴用テープに自分たちの声を録音してみようと言い出したのだ。酔っていたはずだ。ご機嫌になって、おしゃべりにもなって、酔いがまわりすぎて荒れるまでの凪《なぎ》のようなタイミングだったのだろう、たぶん。

「お父ちゃんと二人で聴いとるんよ、なんべんもなんべんも」

母はそう言ってラジカセの再生ボタンを押し込んだ。シャリシャリしたノイズのあと、多香子の声が聞こえた。まだ小学二年生の多香子ははしゃいで笑うだけだった。次に母が「もう入っとるん？　しゃべってもええん？」と言って、僕に「入っとるよ、赤い光がついとるが」と笑われた。その僕は、声変わりのすんでいない甲高《かんだか》い声で「あー、あー、本日は晴天なり」と言って、最後に父がマイクに向かった。

「まあ……アレじゃ、こげな便利なもんができたんじゃのう、いうて……なにを言やあええんかのう……おい、洋司、もうええ、停めえ、停めえ、なんか恥ずかしいがな……」

父の声だ。まだ四十代になるかならないかの頃の父だ。間違いない。父はこんな声で、こんなふうにしゃべっていたのだ。

母がテープを停める。僕は父を振り返る。父は窓の外を見つめていた。

雨はやはり、みぞれ混じりになっていた。重たげで冷たげな銀色の粒が、空からとめどなく降ってくる。

寒々しい風景だ。いっそ雪になってくれたほうが、外が明るくなるぶん、気持ちも沈み込まずにすむのに。

それでも——いまは、みぞれの季節なんだと自分に言い聞かせた。秋と冬の境目に、わが家はいる。次の春が来るのかどうかはわからない。ただ、もう今年の夏は過ぎた。秋も終わった。年老いた父と母は、二人で、静かに、冬ごもりの準備に入っている。

「お母ちゃん、もう一回聴かせてよ」

「時間ええん?」

「だいじょうぶ……もう一回だけ、聴いて帰るから」

母はうなずいてテープの巻き戻しボタンを押し、そっと僕に目配せして、父のほうに小さく顎をしゃくった。

父は窓の外を見つめている。みぞれの降りしきる寂しい風景をじっと見つめる目に、涙が浮かんでいた。

遅霜おりた朝

1

番組がリクエストコーナーに入ったので、カーラジオのボリュームを少し上げた。ルームミラー越しにリアシートをちらりと見ると、客はノートパソコンに携帯電話をつないでメールをチェックしていた。

ラジオは携帯電話に良くないんだっけ。修二《しゅうじ》はふと思い、そんなことないだろうと思い直し、携帯電話がラジオに悪いんだっけ、そうでもないよなノイズもべつにないし、携帯電話が悪い影響を与えるのは心臓のペースメーカーで、昔は蛍光灯の真下でラジオを点《つ》けるとＦＭ放送が入らなくなったんだよな、まあどうせ田舎のFMはNHKのクラシック音楽しか聴けないからどうってことはなかったんだけど……とりとめなく考えながら、靖国《やすくに》通りの真ん中のレーンに車を入れた。

西新宿で拾って、虎《とら》ノ門《もん》まで。客は中年のサラリーマンだ。うつむいてパソコンを操作していると、頭のてっぺんの地肌が透けて見える。走りだしてすぐ、領収書を切るよう言われた。夜十時をまわったところだが、まだ会社に仕事を残しているのだろうか。少し酔っているようだから、義理のあるパーティーかなにかに顔を出してきたのかもしれない。

リクエストコーナー担当のDJは挨拶《あいさつ》代わりに、今日の昼間の暑さをうんざりした声で伝えた。確かに暑かった。最高気温三十二度。太平洋高気圧の勢力が弱すぎて、いつもの年なら日本列島の真ん中に居座っているはずの梅雨前線が、沖縄と九州の間にとどまったまま、なかなか北上できずにいるらしい。

一方、東北地方の太平洋沿岸では「やませ」という冷たい北東の風が吹き、この数日は四月頃の肌寒さだという。夕方の天気予報は冷害の恐れを伝えていたが、都会暮らしの無責任さで、修二はその肌寒さをうらやましく思う。

メールチェックを終えた客は携帯電話をバッグにしまい、ノートパソコンの蓋《ふた》を閉じて、眠たげなあくびをした。

「お疲れですね」——話し好きな運転手なら声をかけるところだ。

だが、修二にはそれがうまくできない。もともと無口で、人見知りするタチだ。都心の道にも、じつをいえばあまり慣れていない。

「今日も蒸しましたねえ」「巨人、負けちゃいましたねえ」「パソコンはどの機種がいいんでしょう」「最近どうですか、iモード、つながりやすくなりました？」「中央線、また人身事故で夕方停まっちゃったんですってね」……会話のきっかけの言葉はいくつも用意しているのに、どれも喉《のど》の奥でひっかかったきり、声になって出てこない。たまさかうまくおしゃべりがつづいても、そういうときにかぎって、道を間違えてしまう。

タクシー運転手に転職して半年。二種免許を取り、研修を受けて、現場に出るようになったのは三カ月ほど前からだった。

助手席のダッシュボードに掲げてある乗務員証の顔写真は、ずいぶん貧相で、寂しげに見える。前の仕事を失ったショックから立ち直らないうちに撮影されたせいかもしれない。いや、それとも病み上がりだったせいか……。

去年の秋まで、修二は中学校の教師だった。英語を教え、二年生のクラスを担任し、給食を食べているときに血を吐いて、眠れない夜がつづいたすえに教壇に立っても声が出なくなり、胃潰瘍《かいよう》と十二指腸潰瘍および不安神経症の診断を受けて、年度の途中で退職したのだった。

ラジオは、ＤＪと聴取者の電話のやりとりを流していた。電話をかけてきたのは三十代後半の主婦。小学生の子供たちが寝入り、残業続きで終電で帰宅する夫を待つ、いまの時間がいちばんのんびりとして、だからこそむなしさや寂しさがつのるのだという。

「学生時代が懐かしくてしょうがないんですよね」と彼女は繰り返した。

歌舞伎町《かぶき》のネオンサインの光を左から浴びながら、車は歩くよりも遅い速度で進む。明治通りを越えるまでは渋滞がつづくだろう。

「べつに、いま、不幸だっていうわけじゃないんですけど……なんかね、昔に帰りたいなあ、って……」

カーラジオのちゃちなスピーカーは、声をひらべったくしてしまうかわりに、不思議とため息をくっきりと伝える。

修二もつい漏れそうになるため息を、鼻から抜いて紛らせた。

電話をかけてきた主婦の言う「昔」は、修二にとっての「昔」と、かなりの部分重なっているだろう。修二は三十八歳。最近、「昔」の範囲がバブル景気の頃にまで広がってきた。

自分の中にある未来と過去のバランスが歳をくうごとに変わっていく。

平均寿命から計算すると、いまは未来と過去が半々のバランスを保っているはずなのに、実感としては未来はずいぶん痩《や》せ細ってしまった。未来として思い浮かぶのは、いまは小学四年生の一人息子の太郎《たろう》が中学生になり、高校生、大学生になって、やがておとなになっていくということくらいのもので、それは太郎の未来であって、修二の未来ではない。

俺の未来は――。

明治通りを渡り、アクセルを踏み込みながら、思う。

とりあえず、虎ノ門に向かうことだけだ。

昔に帰りたい三十代後半の主婦のリクエストナンバーは、RCサクセションの『スローバラード』だった。修二も、学生時代はRCサクセションが大好きだった。

助手席側のドアにもたれて窓の外をぼんやり見ていた客が、「運転手さん」と声をかけてきた。「悪いけど、ラジオの音、もうちょっと大きくしてくれる？」

言われたとおり、ボリュームのつまみを右に回した。少し嬉《うれ》しかった。

「お好きなんですか？」

珍しく、言葉がすんなりと出た。

「まあな……懐かしいよ」

「RC、いいですよね。清志郎《きよしろう》、最高ですよ」

「だよな」

客は気だるそうに、それでもまんざらではない顔で答える。このひとの「昔」も自分と似通ったものなのだろう、と修二は思う。冷房の風にあたりすぎて鈍く痛む腰が、ほんの少し軽くなった。

もちろん、過去を語り合い、先細りの未来を嘆き合う、タクシーの客と運転手はそういう関係ではないのだけれど。

2

虎ノ門から新橋、新橋から渋谷《しぶや》、渋谷から六本木、六本木から西麻布《にしあざぶ》、西麻布から練馬《ねりま》、池袋に戻って音羽《おとわ》、音羽から市ヶ谷《いちがや》、市ヶ谷からまた西麻布、西麻布から蒲田《かまた》、蒲田から湾岸、湾岸から津田沼、都内に戻って八重洲《やえす》から早稲田《わせだ》……。

日付が変わり、午前一時をまわって、休憩をとることにした。

タクシーの世界では、午後十一時から明け方四時頃まではひたすら走るのが常識だと、先輩に教わった。水揚げを増やすには確かにこの時間帯の休憩は命取りだが、修二のモットーは、とにかく安全第一。「甘いねえ」と笑われようが、「そういうところが、まだシロウトなんだよ」と嘲《あざけ》るように言われようが、運転中にあくびが三度つづいたら休んで外の空気を吸うことにしている。

だから、いまも——。

修二は早稲田通りから一本入ったところにある公園の脇に車を停めた。外に出て、晴れあがった夜空を眺めながら深呼吸と全身の屈伸運動を繰り返した。

ほとんどが短距離だったが、今夜の実車率はそこそこの出来だった。あとは二時前後の新宿でロングを狙えば、うまくすればひさびさに水揚げ六万円を超えられるかもしれない。

そのためにも、眠気だけは振り払っておきたい。

車のトランクを開けた。

古びたサッカーボールを、取り出した。

軽くドリブルしながら、公園の中に入っていった。うまいぐあいにボールをぶつけるコンクリート塀が設《しつら》えてある。理想をいえば音のたたないネットがいちばんで、タクシー運転手になって三カ月、ネット付きの公園もいくつか知ってはいるのだが、行き先は客任せのタクシーだ、「いちげん」で入った公園に塀があっただけでも、今夜はついてるぞ、と思う。

ドリブルでディフェンスをかわし、まずは塀に向かってスルーパス、ワンツーで受けてさらにディフェンスをかわす。トラップでボールを浮かせ、ヘディングでつなぐ。左サイドに開いて、センタリングと見せかけて中に切り込み、ニアポスト、スライディングの体勢に入るゴールキーパーの腋《わき》の下を抜くかたちで、シュート——。

最後の最後で、ボールがうまくヒットしなかった。スピンしながらあさっての方向へ転がっていくボールを小走りに追いかけて、ため息を、ひとつ。

小学生の頃から大学を卒業するまで、サッカーをつづけてきた。

といっても、日本リーグの選手になることを夢見ていたのは中学生までで、高校時代は全国選手権出場が目標になり、県大会二回戦でその夢が絶たれて大学に進学すると、あとはもう同好会で楽しむためのサッカーになった。夢がしぼんでいくのは、そんなの九九パーセントの人間がそうなんだよ、と理屈ではわかっていても、やはり寂しい。

タクシー運転手に転職する前——中学校の教師時代は、その寂しさを生徒たちには味わわせたくなかった。子供の頃の夢をそっくりかたちを変えずに持ちつづけろとは言わない。そこまで世間が甘くはないことも、もちろん知っている。だが、「夢なんて、どうせ……」とつぶやくような少年や少女にはなってほしくなかった。

熱血教師だった。自分でも思う。口数は多くなかったが、そのぶん、ひたむきな姿を見せることで、生徒になにかを感じ取ってほしかった。クラス担任としての学級運営も、英語の授業も、放課後のサッカー部の指導も、「一所懸命」をモットーにいっさい手を抜かずにがんばってきたつもりだ。無口なぶん、言葉に頼らず、肩をポンと叩《たた》いたり、頭を撫《な》でるように小突いたり、というスキンシップも欠かさなかった。

だから。

去年のちょうどいまごろ——六月、授業中の態度が悪かった三年生の男子生徒を二人、授業が終わったあと教卓に呼びだして、ハッパをかけたのも、決して特別なことではなかった。教師として、おとなとして、凜《りん》とした威厳は保ちながら、それでも高圧的にはならないよう気をつけて接したつもりだった。

　だが、かんたんに説教をしたあと、席に戻ろうと踵《きびす》を返した二人に、「あと半年ちょっとで受験だぞ、がんばれよ」と背中を軽く叩いた——それを、二人は「暴力」だと解釈した。嫌な言い方だが、たしかにいちばんリアルな言葉をつかえば、キレた。

　振り向きざまに殴られた。教壇に倒れ込んだところを、腹を蹴《け》られた。

「うざいんだよ！　てめえ！」

　まだ幼さを残す声で怒鳴られた。

　最初のパンチで口の中を切って、血が顎《あご》を伝うと、それで二人はさらに興奮し、逆上し、声にならない叫びをあげながら修二を蹴りつづけ、殴りつづけ、前歯をへし折った。

　教室にいた三十人以上の生徒は誰一人として止めなかった。男子の誰かが、廊下に出ていた隣のクラスの連中を「おい、すげえぞ、ちょっと来いよ、マジ、ボコり入れてんの！」と呼ぶ声が聞こえた。

殴る蹴るの暴行を受けた体の痛みより、その声のほうが、いまも記憶の底に貼りついて、どうしても剝《は》がれてくれない。

校長は事件を表沙汰《おもてざた》にはせず、校内で処理した。生徒たちの言いぶんだけを聞いた。

修二をかばう生徒は、クラスの半分以下にとどまった。生徒に言わせれば、肩を叩く行為は「体罰」だった。頭を撫でるのは「セクハラ」だった。そして、生徒に繰り返していた「夢を持てよ」は、「うざい言葉」であり「むかつく言葉」にすぎなかったのだ。

自分の影を追いすがるディフェンスに見たててドリブルしていたら、公園の門のところに誰か立っていることに気づいた。

近所のひとが苦情を言いに来たのだろうか、とドリブルをやめて立ち止まると、人影は修二を呼ぶように手を振った。

「そこのタクシー、空車なの？」

男の——まだ少年の声。

「ちょっと乗っけてくんない？」

少年の陰に隠れるように、もう一人いた。

中学生ぐらいの少女だった。

3

少年は金色に染めた髪をライオンのたてがみのように立てていた。半袖《はんそで》のナイロンパーカの下はだぶだぶの長袖Tシャツと、腰穿《こしば》きして裾《すそ》を地面に垂らしたワークパンツ。耳にピアスが光る。

いでたちは、どこから見てもそこいらの不良だが、まがりなりにも十五年近く中学教師をやってきた修二にはわかる、かたちだけ不良の公式にあてはめた、ほんとうは気の弱い——だからこそワルになりたがる、おそらく高校一年生か二年生の少年だ。

隣にたたずむ少女は、服装や髪型はごくふつうのもので、修二と向き合ったときには会釈まででした。歳恰好《かっこう》は少年と変わらない。まじめそうな女子高生――いや、しかし、真夜中の一時過ぎに男と二人でいる少女なのだ、彼女も。

「車、乗っていいんだよね」

少年がいらだったように言う。「早くドア開けてくんない？」と、足元に唾《つば》を吐いた。

「どこまでですか？」と修二は訊《き》いた。

すると、少年はカッと目を剝《む》いて声を荒らげた。

「どこだっていいじゃんよ、とにかく乗っけろっつーの！　急いでんだから」

落ち着け。修二は自分に言い聞かせる。刺激するな。万が一ナイフが出てきてもかわせる距離を保て――タクシー運転手ではなく、中学教師時代の危機回避マニュアル。

「車だったら、早稲田通りにいくらでも走ってますよ」

「……関係ねーよ、ここに空車あるんだからよ、いいから乗っけりゃいいんだよ」

気色ばむ少年の横で、少女は黙ったまま、ぼんやりとした顔でたたずんでいる。

修二には、むしろ彼女のほうが怖い。殴られたり金を脅し取られたりという怖さではなく、なにを思っているかが見えない怖さが、ある。見えなくてあたりまえじゃないか。自分で自分を叱る。こいつと俺とは初対面の、赤の他人なんだ。いつまでも先生気分でいるなよ、タクシー運転手の仕事は、ガキの胸の内を探ることじゃなくて、客に言われた場所に向かって車を走らせることなんだからな……。

「よお、マジ早くしろよ」

少年は舌打ちを頭につけて言った。

「どっち方面かだけでも教えてくれませんか」修二は言う。「まだ経験浅いんで、方面によっては道がよくわからないいんですよ」

「……なんだよこいつ、バーカ」

「すみません」

慇懃《いんぎん》に頭を下げた。

怪しいと思ったら、車に乗せる前になるべく具体的に行き先を訊くことが、強盗や料金の踏み倒しを避けるコツ——それを教えてくれた先輩ドライバーは、「まあ、現実にはそんなことやろうって奴が、最初から怪しい恰好してるわけないいんだけどな」とオチをつけるように笑っていたのだが。

「世田谷《せたがや》方面だと、ちょっと一方通行多いんで、よくわからないいんです」

「違うよ、そっちじゃないっての」

「あと、下町のほうも、あんまり自信がないいんですが……」

「ぜんぜん逆だよ、タコ、てめえ」

「じゃあ、どっち方面なんでしょうか」

少年は言葉に詰まる。

急いでいると言っていた。この時間、早稲田通りに出れば空車はいくらでも走っている。標的を変えてくれ、と祈った。ガキと付き合うのは、もうごめんだ。

少年は爪を噛《か》んでいた。ふざけるなよというふうに修二をにらみつけていたが、言葉が出てくる気配はない。

もういいな、と車に戻ろうとした、そのときだった。

「遠いんだけど」――少女が、初めて口を開いた。

「……遠い、って?」

「めっちゃ遠い」

少女はそう言って、少年を目でうながした。

少年はふてくされたようにパーカのポケットを探りながら言った。

「金、持ってるし、中央道で一本だから」

「中央道?」

「そう。長野県のほう」

少年はポケットから財布を出し、中から紙幣を抜き取って「ほら」と修二に見せた。

一万円札が、二枚。

修二は黙って二人を交互に見つめた。冗談なのか開き直っているのか、それともただの世間知らずなのか、わからない。

「足りないと思うけど」少女が言う。「向こうに着いたら、なんとかするから」

「いや、でも、そういうのは……」

「足りないぶん、もしアレだったら、して、いいよ」

さらりと言った。

修二より、少年のほうが驚き、戸惑った。

バカおまえなに言ってんだよふざけてんじゃねーぞおまえ冗談やめろってそーゆーの言うなよバーカ……。地団駄を踏むような身振りで早口にまくしたてる少年を見ていると、つい苦笑いが浮かんだ。

「そういうのは、いいですよ」

少女というよりも少年に言ってやった。

「二万円だと八王子を過ぎて、高尾あたりがせいぜいですよ」とつづけ、「朝まで待ってJR使ったほうがいいと思いますよ。時間もそんなに変わらないし」と付け加えた。

だが、少年はさらに激しく地団駄を踏んだ。

「朝じゃ遅いって言ってんだろ！　時間ねーんだよ！　向こう着いたらサラ金で借りるから、とにかく早く乗せろよてめえ！」

高校生ではサラ金は使えないし、どうやら目的地に着いても金のあてはないようだ。

「別の車、探してください」

修二は小さく頭を下げ、後ろから殴りかかってくる事態を警戒しながら車に向かって歩きだした。

「ちょ、ちょっと待てよバーカ」

あとを追って駆けだしかけた少年は、少女に引き留められた。もういいから、いいから、と少女は首を横に振っていた。

「乗っけてくれよ！　マジ！　頼むよ！」

しだいに甲高くなっていった少年の声は、つづく一言で、裏返った。

「こいつのかあちゃん、さっき死んじゃったんだよ！」

4

信じたわけではなかったが、少年の勢いに負けた。付き合ってやるか――という気になったのは、母親が亡くなったという少女の面影が、誰と名付けることはできないけれど、かつての教え子に似ていたせいかもしれない。

車は早稲田通りから外苑《がいえん》東通りに入り、首都高速4号線の外苑ランプを目指す。

少年はリアシートの真ん中に座って身を乗り出し、「信号、黄色だったらシカトで行ってよ、マジ」と言う。

少女は運転席の後ろに座り、窓に頭をつけていた。なにを見ているのかはわからない。母親のことを考えているのだろうか。カーラジオを消したほうがいいのか、点けたままのほうが逆にいいのか、それもわからない。

目的地は、諏訪《すわ》インターチェンジから一般道で一時間ほどの高原地帯にある、観光地というわけではない小さな町だった。たぶん、そこが、彼女の故郷。

首都高速に乗った。車は順調に流れている。十分足らずで中央高速に入り、三十分もすれば八王子の料金所を過ぎて、そして、リアシートの二人の所持金は尽きる。

ラジオから椎名《しいな》林檎《りんご》の曲が流れる。ひずんだ音のギターと粘りつくボーカルが、追い越し車線を走りどおしの修二の運転を、少し荒くさせる。

リアシートの二人が小声で話す声のかけらが、ぽつりぽつりと修二の耳にも届く。

「でもさ、だいじょうぶだよ、ミーコ」少年が言う。「もう、誰も怒ってないよ」

ミーコと呼ばれた少女は「べつに、怒っててもいいけど」とそっけなく言う。「なに言われても関係ないもん」

「このまま……向こうにいる？」

「……わかんない」

椎名林檎の歌は、タクシーの運転手になってから初めて知った。遅い時間のラジオ番組でよくかかる。

椎名林檎が好きだった教え子が何人かいた。あまり勉強のできない女子生徒たちだったが、ときどき、おとなの嘘を見透かすようなまなざしで修二を見ることがあった。

彼女たちは、いま三年生だ。そろそろ志望校を決める頃だろう。「べつに、どこでもいいけど」と気のない声で言う姿が目に浮かぶ。もどかしさに貧乏揺すりが止まらない、三年生の担任の姿も。

「自分のほんとうにやりたいことをやれよ、それがいちばんたいせつなんだから」――ホームルームや個人面談で、口癖のように繰り返してきた。理解ある教師だと自分一人で悦に入っていた。教師を辞めたいま、それを少し悔やんでいる。

ほんとうにやりたいことは、一生かけて見つかるかどうか、なのかもしれない。井上陽水《いのうえようすい》だったっけ、古い歌に『人生が二度あれば』というのがあった。人生が二度あるのなら、二度目には、きっと誰もが幸せな人生を送れるんじゃないか、と思う。

「文句言ってくる奴がいたら、オレ、マジにぶん殴ってやるから」と少年が言った。

ミーコは短く、つまらなそうに笑うだけだった。

八王子を過ぎてしばらく走ったところで、メーターは二万円を超えた。

それに気づいた少年は「サラ金で借りるから、マジ」と勝手に先回りする。「だから、とにかく行ってよ」

修二は、やれやれ、とため息をついて、アクセルをさらに深く踏み込んだ。

現在時刻、午前二時半。どんなに急いでもあと三時間近くはかかるだろう。メーターは……いくらになるのか見当もつかない。

少年がうたた寝しはじめたのは、笹子《ささご》トンネルを過ぎて、車が甲府盆地に入った頃だった。寝苦しそうだった。歯ぎしりをして、低くうなって、ときどき寝言で「ぶっ殺すぞ」だの「なめんなよ」だのと毒づいては、目を覚ますと、肩で大きく息をつく。

「ヒロくん、寝てていいよ」ミーコが幼い子供をなだめるように言う。

「まだだいぶかかるから」

「なに言ってんだよ、寝てる場合じゃないだろ……」と少年はムッとして返したが、しばらくたつと、また寝入ってしまう。

修二が気を利かせてラジオを切ったら、ミーコが「いいよ、点けてて」と——車に乗り込んでから初めて、声をかけてきた。

言われたとおりラジオのスイッチを点けると、ヒロがまた低くうめいた。

「ほんとは、もう寝てる時間だから」ミーコが言う。「すっごい眠いはず」

ルームミラーの中でまなざしが触れ合うと、ミーコはクスッと笑う。

「ゆうべ夜勤だったから」

「……働いてるんですか？　カレシ」

「働かないと生きてけないじゃん」

修二は小さくうなずいて、ヒロの寝顔をルームミラー越しにちらりと見た。金髪にピアスという風貌《ふうぼう》は不良ぽくても、きっと根は純情な奴なのだろう。

「さっき」ミーコは言った。「運転手さん、タクシーの経験浅いって言ってたよね」

「ええ……」

「前、なにやってたの？」

少し迷ったが、正直に答えた。

「うそ、先生だったんだ」ミーコの顔に、年相応の幼さがにじんだ。「なんでやめちゃったの？」

「ええ、まあ、いろいろと……」

「問題起こしたりとか？」

苦笑いでかわすと、ミーコはまたクスッと笑って、「人生、いろいろあるもんね」と、どこか嬉《うれ》しそうに言った。

ためらいながら、けれど中学教師という前歴を話したことで肩の重荷がひとつ下りたような気がして、修二は言った。

「東京に、家出してきたんですか？」

「はあ？」

ごまかしているふうではなかった。「やだ、なに勘違いしてるんですかあ?」とミーコはあきれたように笑う。

「でも、お母さん、長野に……」

修二が言いかけるのをさえぎって、「逆だってば、立場、ぜんぜん逆」と言う。

東京の我が家から長野に家出してしまったのは——ミーコの母親のほうだった。

5

話の最初から最後まで、ミーコは「不倫」という言葉をつかわなかった。家族を捨てて家を出た母親を責める言葉も、なかった。

「すべてを捨ててもいいぐらい、そのひとのことを好きになっちゃったんだから、しょうがないかな、って」

去年の四月頃だった、という。

「気持ちはわかるんですよ。高原で陶芸やってるアーティストなんだもん、東京のオバチャンからしたら、もう、ロマンチック？」

軽く笑う。

「でも……まあ、一年ちょっとで死んじゃうんだから、もしかしたら自分の運命知ってたのかなあ、あのひとも」

最後に漏れたため息を、「好きなことして死んだんだから、本望か」と笑って消した。

車は甲府盆地から小淵沢《こぶちざわ》への長い上り坂にさしかかった。前方に車はない。百二十キロを超えるスピードで、沈む月を追いかけるように、走る。

「お母さん、いくつだったんですか？」と修二は訊《き》いた。

「今年四十かな」

「そうですか……」

二つ年上の、同世代と呼んでいい。きっと激しい恋だったのだろう。家族を捨て、いままで築きあげてきた幸せをなげうっても悔いがないほどの。

父親は、母親の死の知らせを聞いても黙ったままだった、という。一人娘のミーコが「すぐにお母さんのところに行く」と言って、カレシのヒロに連絡をとって真夜中に家を飛び出しても、リビングに座ってテレビを観たまま身動きしなかった。たぶん母親とそれほど歳が変わらないはずの父親の気持ちも、修二にはなんとなく、わかる。

標高が上がるにつれて気温は下がっていき、フロントガラスが白く曇りはじめた。

夜勤明けのヒロは小さないびきをかいて、本格的に寝入ってしまったようだ。

ルームミラー越しに、ヒロとミーコが手をつないでいるのを見て、修二は頰をゆるめた。もう一生会うことはないはずの生徒たちの顔が、誰もみな笑顔で、浮かぶ。

ミーコはまた、問わず語りに話しはじめた。

去年の五月、母の日に渋谷を歩いていたら、どこかの店のサービスで、カーネーションを一輪貰《もら》った。帰り道、新宿始発の電車の網棚にそれを載せて、発車前に降りた。「やっぱ、家に持って帰れないじゃん、そんなの」と笑って、「でも、持って帰ったほうがよかったかなあ」と首をかしげる。

「恨んでますか？　お母さんのこと」

修二の問いに、ミーコはまた首をかしげながら「ちょっとは、ね」と言う。「でも、なんかうらやましい気もしちゃったりして。情熱あるじゃないですか、人生に」

「うん……」

「ガンだったんですよ。三カ月前に病気がわかって、そこからあっという間だったんだけど、一度も東京に帰りたいって言わなかったんだって、お母さん。そういうのって、めっちゃ悔しいけど、でも、いいですよね、帰りたくて、帰れなくて、それで死んじゃうのって、悲しいじゃないですか、やっぱ……」

話すうちに沈んでいった声を、ミーコは笑顔で持ち上げた。

「だから、お母さん、幸せだったんですよね」

須玉《すたま》インターチェンジを過ぎて、諏訪インターチェンジまでは、あと四十キロ余りだ。

午前三時半——東の空に、少しずつ朝の色が交じりはじめる。

ノイズの交じるラジオから、古い曲が流れる。カーペンターズの『イエスタデイ・ワンス・モア』。

カレン・カーペンターが死んでから、もう何年になるのだろう。中学生の頃、大ファンだった。レコードを何枚も買う小遣いなどなかったし、レンタルレコード店も、あの頃はなかった。ラジオでカーペンターズの曲がかかると、かたっぱしからカセットテープに録音した。だから、テープに残ったカーペンターズのナンバーは、どれもイントロの途中から始まっている。

ミーコは目をつぶっていた。眠っているのかどうかはわからない。ヒロも、もしかしたらさっきからタヌキ寝入りをしていたのかもしれない。

考えすぎだな、と笑った。二人がいまもまだ手をつないでいる、そのことだけでいい。

諏訪インターまで、あと一キロ。メーターは三万円を少し超えたところで止まっている。一万円ちょっとなら、自腹でなんとかなるだろう。

『イエスタデイ・ワンス・モア』をリクエストしたのは、十四歳の中学二年生の女子だった。

目の前に「今日」と「明日」しか広がっていないような十四歳にも、帰りたい「昨日」はある。教師を辞めてから、やっとそのことが少しずつわかりかけてきた。

人生が二度あれば、今度はいい教師になれそうな気もするが、人生は一度きりだからおもしろいんだよな、とも思う。

たぶん、ミーコの母親も、人生が一度しかないからこそ家族を捨てたのだろう。

そして、遺《のこ》されたミーコは――。

たった一度の人生を、べつに他人から褒められなくていい、後悔することがあったってかまわない、とにかく元気で、できれば幸せに過ごしてくれれば、嬉しい。

諏訪インターで高速道路を降りると、茅野《ちの》市街をバイパスで抜けて、あとは大門《だいもん》街道を、ひたすら上っていく。暖房をつけた。夜明け前の冷気は車の中にも入り込んで、背筋がこわばるほど寒い。

窓の外が、ほんのりと白い。遅霜《おそじも》がおりているのかもしれない。

東の空が明るくなってきたが、ミーコとヒロは、まだ目を覚まさない。ぎりぎりまで寝させてやろうと決めていた。夜が明ければ、霜に白く輝く風景が二人を包み込むだろう。

それが美しい風景なのか哀しい風景なのか、答えは二人がおとなになったときに決めればいい。

ヒロが寝言をつぶやいた。

「……かあちゃん」

修二は声を出さずに笑って、アクセルをグイと踏み込んだ。

ひとしずく

1

ちょっと張り込むことになる。いや、最初考えていた予算からすると、かなり——だった。

やっぱり、やめとくか。逃げ腰になりかけた自分を、いかんいかん、と叱った。たいしたことはない。大げさに決断するほどの金額ではない、決して。たしかにふだん飲んでいるワインに比べると値段は一桁《ひとけた》違っていたが、特別な一日を祝うための特別なワインなのだと考えると、少しぐらい背伸びをしたほうが、かえってありがたみが増すというものではないか。

地下のワインセラーまで下りてお勧めの一本を探してきた店員は、控えめながらも胸を張って、ぼくの反応をうかがっていた。

まだ若い男だったが、ワインについての知識はぼくよりはるかにあるはずだ。ハンパなことは言えないし、訊《き》けない。陳列棚に並ぶ中から一本選んでカゴに入れ、レジに向かう——近所のディスカウントショップでワインを買うときとは違うのである。

銀座のワインショップに生まれて初めて足を踏み入れた時点で、こういう展開になることは覚悟していた。ワインにぜいたくをしたりウンチクを増やしたり、という暮らしはしてこなかった。経済的にというより、気持ちのありようが、ワインに凝《こ》ることに対して微妙な気後れを生んでいた。おかげで四十歳を過ぎたいまも、ボトルの輪郭以外にボルドーとブルゴーニュの区別のつけ方を知らない。

「いかがでしょうか」

店員が訊いた。「もう少しお時間をいただけるのなら取り寄せもできるんですが、明日なんですよねえ」

「ええ……」

「在庫で、お客さまのお望みに適《かな》うのは、これだけなんです」

なんでもっと早く言ってこないんだよバカ、と責めているように聞こえたのは、こっちの考えすぎだろうか。そりゃそうだ。バカはないよな、さすがに。

ふふっと苦笑すると、店員はそれをどう受け止めたのか、「でも、こちらは当店としても自信を持ってお勧めできます。メドックの格付けでは四級ですが、品質と名声は二級に匹敵しますから」と言った。

「ああ……そう」

なにもわからない。

「ボルドーで最も美しいシャトーだと言われる名門なんです」

「うん……そうらしいね」

「城館もいいんですが、庭がまた素晴らしいんです。ヴェルサイユ宮殿にならったル・ノートル様式で、『メドックの小さなヴェルサイユ』と呼ばれています」

「なるほど」

相槌《あいづち》を打ちながら、目はボトルのラベルの文字を必死になぞる。

シャトーまでは、いくらなんでもわかる。

だが、その次――肝心かなめのシャトーの名前が読めない。

「ごぞんじですか、ボトルの絵。船の帆が半分下がってるのが、シャトーの誇りなんです。城館は、ちょうどジロンド川に面してるんですが、もともとはフランス海軍提督のエペルノン公爵《こうしゃく》の城館だったんです。十六世紀頃ですね。ジロンド川を行き交う船乗りたちはエペルノン公爵に敬意を表して、城館の前に来ると帆を下げるのがならわしになって、それがラベルに残ってるわけなんです」

わけなんです、と言われても。

BEYCHEVELLE。ベイチェヴェレ、でいいのだろうか。いや、フランス語のCHEは、「チェ」ではなく「シェ」と読むんじゃなかったっけ……。

「いかがでしょうか」

ウンチクを語り終えた店員が、もう一度訊いてきた。

ぼくはラベルを見つめたまま小さくうなずき、ふう、と息をついて、肩の力を抜いた。

見栄《みえ》を張るのはやめよう。いい歳をしてモノを知らないことよりも、いい歳をして知ったかぶりをすることのほうが、よほど恥ずかしい。

認めよう。はい、ボクはなんにも知りません、ワイン一本のために一万円札を二枚も財布から出すのは生まれて初めてです、晩酌は発泡酒で外では焼酎《しょうちゅう》のお湯割りばかり飲むオヤジです、尿酸値8を超えて、胆石も着実に育っていて、四十肩で電車の吊革《つりかわ》につかまるのがツラい今日この頃……。

ささやかなプレゼントなのだ、これは。

すでに人生の三分の一をともに過ごしてきた妻の紀美子《きみこ》の誕生日に贈る、

不肖《ふしょう》の夫からのプレゼントなのだ。

「美味《おい》しいんですか？」

単刀直入に、いちばん大切なことを訊いた。

店員は一瞬ぎょっとしたが、すぐににこやかな笑顔に戻って、自信たっぷりに言った。

「ええ、それはもう」

「どんな味なの？」

「そうですね……基本的に、ベイシュヴェルはエレガントな味わいです」

ベイシュヴェルと読むのか。

危ないところだった。

エレガント。悪くない。紀美子のふくよかな笑顔を思い浮かべると、こっちまで頬がゆるんでくる。

「それで……あの、古すぎて味が落ちてるっていうようなことは……」

「ご心配要《い》りません。保存状態は完璧《かんぺき》ですし、ワインというのは、そういう、賞味期限がどうこうというお酒ではございませんので」

あ、いまバカにされたな、とわかった。四十二歳。社会に出て二十年。そういうところの勘ばかり鋭くなってきた。

思わずムッとしたぼくにかまわず——たぶん見限ったのだろう、店員はボトルを手に取って、クロスでそっと拭《ふ》きながら「でも、ほんとうにいいワインですよ」と言った。

「おそらく、円熟した風味になっていると思います。女性にたとえるなら、少女のみずみずしい輝きが、しっとりとしたおとなの女性の美しさに変わっていった、という感じでしょうか」

「いいね」

「あ、でも、一九六二年ですよね。四十三年目になるのか……じゃあ、もうちょっと枯れた味わいかもしれません」

「……わかるよ」

シャトー・ベイシュヴェル１９６２——紀美子と同じ年に生まれたワイ

ン。

紀美子が生きてきたのと同じ歳月を、静かに眠りつづけて過ごしたワイン。

「バースデイ・ヴィンテージワイン」と呼ぶのだと、ついさっき、店員に教えられたばかりだった。

〈夫婦ともに四十代になると、妻の誕生日に贈るプレゼントは、ただのモノでは面白くない。「物語」を贈ろう。二十代や三十代には真似《まね》のできないおとなの特権、それは贈る側にも贈られる側にも人生の「物語」があること。それは他の誰にも手にすることの叶《かな》わない、自分だけの財産。そんな「物語」を感じさせない贈り物は、相手の歓心を買うための手段にすぎないのだ。人生のパートナーになにを贈るか。四十代のプレゼント選びは、それじたいが目的でありたい〉

まいっちゃうね、しかし。

記事を読み返すたびに思う。背中がむずむずして、椅子に座る尻《しり》がどうにも落ち着かなくなってくることもある。

キザったらしい雑誌だ。「プチはぐれオヤジ」なる流行語を生み出した人気雑誌だということは知っていたし、読者層の中心が四十代前半ということは、まさにぼくはストライクゾーンど真ん中になるわけなのだが――だからこそ逆に、そこに漂うスノッブさが鼻について、意地でも読むものか、と背を向けていた。紀美子が先週「たまにはこういうの読んで、ファッションの勉強してみたら?」と夏物シャツの特集号を買ってこなかったら、おそらく一生ページを開くことはなかっただろう。

シャツの特集は、なんの役にも立たなかった。デザインや素材をどうこう言う以前に、シャツに数万円のカネを出す暮らしなど送ってもいないし、送りたくもない。カッコよく言えば、見た目にこだわらない硬派――というか、本音では、お洒落《しゃれ》な恰好《かっこう》をして目立つのが嫌なのだ。量販店の吊《つる》しの背広でけっこう、三足千円のソックスでじゅうぶん、そこいらのオヤジ、ダサい中年、その他大勢の一般庶民……それのどこが悪い？

「そりゃあ、べつに悪くないけど」

紀美子に言われた。安物のコーディネイトは、若いうちしか似合わないのだという。

「若いうちは勢いっていうか、若さだけで着こなしちゃえるところがあるでしょ。でも、歳をとると、それがキツくなるわけ。安い服を着てると、そのまんま、安さが出ちゃって、貧乏臭さになっちゃうわけ」

なんとなく、わかるような気がする。

「値段の高い服って、やっぱり、それだけのことはあると思うのよ」

そうかも、しれない。

結局、ぼく自身がシャツを選んで買う気にはなれなかったが、紀美子に「じゃあ、試しに一着買ってこようか？」と言われると、絶対に嫌だとは断れなかった。

「ワイシャツだと逆に、背広とかネクタイとか、まわりをぜんぶ合わせたくなっちゃうから、とりあえずカジュアルなのにしようか」——それを誕生日のプレゼントのお返しにするから、と紀美子は笑った。

「でも、そんなのヘンだろ。いいよ、俺の誕生日のときで」

「だって十一月じゃない。半年も先なんだから、とにかく夏物を買ってみようよ。ねっ？」

「でもなあ……カミさんの誕生日に便乗するっていうのも……」

「結婚して十五年もたったら、おんなじでいいの。奥さんのお祝いもダンナのお祝いも、まとめて夫婦のお祝いにしちゃえばいいんだから」

大ざっぱな話である。

しかし、紀美子の言うことも、わかる。

十五年目を迎えた結婚生活は、ニュータウンの不動産広告によくある「成熟した街並み」「閑静な住宅街」と同じだ。開発だの分譲だのといったゴタゴタも一段落つき、落ち着いて、それなりに暮らしやすくもなっていて、ぜいたくを言えばきりがないものの、とりあえず、いまの環境に不満を見つけだすのは難しい。

だが、ときどき、その静かな落ち着きが、退屈や寂しさに変わってしまうことがある。

以心伝心でわかりあえる部分が増えれば増えるほど会話は減ってしまうし、お互いの趣味や好き嫌いを把握するにつれて、びっくりすることも減ってくる。夕食のおかずやテレビのチャンネルをめぐって小さなケンカを繰り返していた新婚時代が、いまは、なんともいえず懐かしい。

ぼくと紀美子には、子どもがいない。

三十代半《なか》ばまでは病院で不妊治療も受けていたが、紀美子が三十五歳の誕生日を迎えたときに、もういいだろう、と二人きりの暮らしを受け容《い》れた。

わが家の誕生日のお祝いは、年に二回しかない。バースデイケーキのロウソクを吹き消しても、拍手は一人ぶんしかない。これからも、ずっと。ならば、それを二人のお祝いにしてしまうのも——あり、だ。二人でプレゼントを交換して、二人で喜んで、二人でお祝いを言い合って、二人でケーキのロウソクを吹き消し、二人で拍手をする。それを「寂しい」と言うひととは、ぼくは付き合いたくない。

ともかく、そういう経緯で、紀美子へのプレゼントは、去年までよりグレードを上げざるをえなくなった。紀美子がぼくに贈るシャツよりも見劣りするものを買ってきたら、あとでなにを言われるかわからない。

幸い、紀美子が買ってきた「プチはぐれオヤジ」御用達《ごようたし》の雑誌は、第二特集が『ギフトでわかる男の深み』だった。

これを参考に、なんとか洒落《しゃれ》たものを……とページをめくって、数分後に、ため息とともに閉じた。

幸いでもなんでもない。

「物語」――言わんとすることは、かろうじてわからないでもなかったが、そこに紹介されているのは、ヘミングウェイだのチャーチルだの吉田《よしだ》健一《けんいち》だの開高健だの植草甚一だの伊丹十三だのといったお歴々の逸話ばかりだった。

オヤジはどこだ。ただのオヤジはどこにいる。そこいらの、その他大勢の、三足千円のビジネスソックスを穿《は》いたオヤジには、「物語」など端《はな》からない、ということなのか。

いや待て、とねばった。あきらめるな、と自分をたしなめた。すぐにキレるのはガキに任せて、こっちはねばり腰で勝負だ。会社でもふんぎりの悪さには定評のあるオレだ。会社で受けた健康診断によると、前立腺《ぜんりつせん》も肥大気味らしい。

偉人だろうと凡人だろうと、賢者だろうと愚民だろうと、誰もがひとしく持っている「物語」——それが、生きてきた時間というものだ。暮らしの歳月というものだ。

そう考えて選んだのが、バースデイ・ヴィンテージワインだったのだ。シャトー・ベイシュヴェル1962。

紀美子にはまだ教えていない。

明日、いきなり渡して驚かすつもりだった。うわあっ、とびっくりする紀美子の前でコルク栓を抜き、結婚祝いにもらった上等のワイングラスに注《つ》いで、きみの歴史に乾杯——なんてキメてみたりして……。

そんなぼくの目論見《もくろみ》を察したのか、店員はボトルを化粧箱に入れながら言った。

「お飲みになるときは、早めにデカンタに移しておかれたほうがいいと思いますよ。眠ってる時間が長かったぶん、目覚めるのにも時間がかかりますから」

段取り、ぶち壊しである。

2

日曜日は、朝から気持ちのいい青空が広がっていた。絶好の誕生パーティー日和《びより》だ。

夫婦二人のささやかな宴は、昼食を兼ねて開くことにしていた。宴の主役が「ごめんね、夜はゆっくりタッキーを観たいから」と、誕生日のお祝いよりもNHKの大河ドラマのほうを優先させたせいだ。結婚十五年にもなれば、たいがいのイベントは日常の前では無力になってしまう。毎日の生活そのものがすでにイベントだった恋人時代や新婚時代とは、そこが大きく違う。

そんなわけで、秘蔵の——といってもゆうべ一晩隠しただけなのだが、シャトー・ベイシュヴェル1962は、よく言えば健康的な、身も蓋《ふた》もなく言うならお色気ゼロのシチュエーションで、四十三年の眠りから覚めることになった。

「ねえ、どんなワインなの？」

訊かれても、教えない。「箱から出して、ラベルを見た瞬間、感動するぜ」と、これがぎりぎりのヒント。

シャトー・ベイシュヴェル1962は、リボンの掛かった化粧箱に入ったまま、サイドボードの上に置いてある。

とりあえず最初の乾杯は発泡酒で喉《のど》を潤《うるお》し、一息ついたところで、プレゼントを渡す。デカンタに移して飲みごろになるのを待つ時間も、それはそれで楽しいもので……どうせだったら最初もシャンパンのほうがよかっただろうか……せめてビールだよなあ、〈雑酒〉だもんなあ、発泡酒は……あの分類の名前、なんとかならないもんかな……。

「じゃあ、わたしのほうは先にプレゼントを渡しちゃってもいい？」

紀美子はブティックの袋をぼくに差し出して、「愛する奥さんのお誕生日、おめでとうございます」と笑った。

紀美子が見立ててくれたのは、パステルグリーンのリネンのシャツだった。

さっそく服を着替えると、まず最初に「裾《すそ》はパンツの中に入れない」と言われた。

「わかってるけどさ……なんか、すーすーしちゃうんだよなあ。腹が冷えそうっていうか」

「でも、いまどきシャツを入れてると笑われちゃうわよ」

しかたなく、裾を出した。

「あと、ほら、こういうところ、今度から気をつけないと」

紀美子は襟《えり》を整えて、少し離れたところからチェックをするように見つめた。

「いいんじゃない？　なかなか」

「……そうか？」

「うん。お店で見たときには、ひょっとしたら派手すぎるかなって思ってたんだけど、だいじょうぶ、似合ってる」

「いやあ……そうかなあ……」

照れくさくて、しかし、嬉《うれ》しい。見た目を褒《ほ》められることなど、何年ぶりだろう。

「ね、胸のボタン、もう一つはずしてみてくれる？」

「こうか？」

「あ、いいね、いい感じ。ちょっと不良っぽくて」

毎晩、駅前にたむろする若い連中と目を合わせないようにしていることは——もちろん、紀美子は知らない。

「じゃあね、今度は袖《そで》をロールアップしてみようか」

「ロールアップって？」

「まくるの、そう……違うって、肘《ひじ》の上までまくっちゃったらワンパク少年じゃない。せいぜい七分丈とか、うん、カフスを一折りするだけでもいいかもね」

言われたとおりにすると、紀美子は「いいねえ！　いいよ、それ！」と、カメラマンの物真似のつもりなのだろうか、おどけて言った。最初に袖をまくりすぎたせいで早くも皺《しわ》が寄ってしまったのが、なんともいえず悔しかったが、紀美子に「そのほうがいいわよ、かえって。着古してる感じのほうが味があるから」と言ってもらって、ちょっと自信がついた。

「こんな感じかな」

斜に構えてポーズをとった。

「いい、いい」

「こういうのは?」と、食卓の椅子に片足を掛けてみた。

「サイコー」

「じゃあ、こんなのはどうだ?」

椅子に脚を投げ出して座り、ちょっとワイルドにキメて……さすがにバカらしくなって、やめた。分別のあるおとな二人の暮らしは、ふざけて子どもじみたことをやっても、長続きしない。「年甲斐《としがい》もない」という自己規制が働いてしまうのだ。

それでも——とにかく、いい雰囲気でワインの栓を抜けそうだ。

天気は上々、紀美子は上機嫌、食卓には通販で取り寄せたごちそうが並び、おろしたてのシャツは肌にさらさらと馴染《なじ》み、とっておきのワインは目覚めの時を静かに待っている。

「じゃあ、そろそろケーキ出そうか」

「そうだな」

キッチンに向かう紀美子の背中を笑顔で見送っていたら、部屋の電話が鳴った。

誰だよタイミング悪いなあこのバカ、と毒づきながら液晶ディスプレイを覗《のぞ》き込んだ。

その瞬間――ぼくたちの穏やかで幸せな日曜日に、不意に暗雲が垂れこめたのだった。


電話をかけてきたのは、義弟の勝利《かつとし》さんだった。ぼくの三つ下の妹・由《ゆ》紀《き》のダンナ――だから戸籍上というか、建前は義理の弟ということになる。しかし、年齢はぼくより彼のほうが二つ上で、建前では弟とはいえ、やはり「さん」付けしないことには収まりが悪い。

もちろん、これはあくまでも、ぼくの好意と気づかいに基づく「さん」付けだ。勝利さんが「こっちは弟なんですから、呼び捨てにしてください」と遠慮してくるのを、「いやいや、やっぱり基本は歳でしょう」とあえて彼を立ててやれば、義理の兄弟の関係でこっちが精神的に優位に立てる。名を捨てて実をとる、というやつだ。

だが、勝利さんはなにも言わない。「さん」付けをごく当然のように受け容れて、おまけにぼくのことも「義兄《にい》さん」ではなく、「和夫《かずお》くん」――「くん」呼ばわりである。

甘かった。

とことん図々《ずうずう》しい勝利さんの性格を把握したときには、すでにぼくたちの関係の主導権は、勝利さんに握られてしまっていたのだ。

今日もそうだった。

「ああ、和夫くん？　俺だけど……ひさしぶりだな、元気だったか？」

いばるな。

「いやあ、今日な、優太《ゆうた》のサッカーの試合があったんだよ、朝のうち。で、秀平《しゅうへい》と一緒に応援に行って、試合はさっき終わったんだけど、いい天気だからどこか遊びに行くかってことになったんだ」

嫌な予感がした。

「そしたら、優太も秀平も、紀美子おばちゃんのところがいい、って」

うげっ、と思わず声が漏《も》れそうになった。

小学五年生の優太も、二年生の秀平も、絵に描いたようなヤンチャ坊主だ。顔立ちも性格も父親そっくり――なにしろ親父が「勝利」で、息子二人がセットで「優秀」なのだ。いまどき、ここまで露骨な勝ち組志向の親子というのも珍しい。

「いるんだろ？　今日は」

あ、いえ、じつはいまから外出を……とは、言えなかった。嘘をつくときには、ためらいや後ろめたさが邪魔をして、一呼吸おいてしまう。バカ正直な男なのだ、われながら。

そして、勝利さんは、そんな一呼吸の間に、グイッと自分の主張をねじ込んでくる。

「じゃあ、五分後ぐらいに着くと思うから」

「え？」

「近所まで来てるんだよ、もう」

「いや、あの……」

「ああ、それで、メシはいいから、うん、気にしないでいいぞ。さっき、たまたまお祭りやってる神社の前を通りかかってな、屋台も出てたから、焼きそばとかタコ焼きとか、いろいろ買ったんだ。それをみんなでつまめばいいだろ」

焼きそば――？

タコ焼き――？

長い眠りから覚めたシャトー・ベイシュヴェル1962を迎えるのは、

ソースと青のりのにおい――？

「じゃ、よろしくな」

電話は向こうから、あっさりと切れた。

受話器を置いてため息交じりに振り向くと、紀美子は前菜を取り分けているところだった。伊勢エビとグリーン野菜のテリーヌ、レモングラス風味――ホテルのデリから取り寄せた一品だ。

「あのさ、紀美子……悪いけど、それ、ラップして冷蔵庫にしまっといてくれ」

声がかすかに震え、うわずった。

「どうしたの？」

説明する前に、頰の力を抜いて、へへっと笑った。実際、笑うしかない。他には、なにもできない。

勝利さんにガツンと言ってやりたくても、言えない。

負い目がある。

去年までふるさとにいた八十歳近い母が、さすがに一人暮らしがキツくなって、東京に出てきた。引き取ったのは、由紀の——勝利さんの家だったのだ。

3

乾杯の発泡酒は、ほとんど一息で空になった。勝利さんは酒が強い。派手にげっぷをして、煙草《たばこ》の煙をまきちらして、「やっぱり昼酒はいいねえ」と、ぼくたち夫婦の祝宴を居酒屋のノリにしてしまう。

「いやあ、でも水くさいよなあ、和夫くんも紀美子さんも。せっかくの誕生日なんだから、一声かけてくれればいいのになあ。知ってたら、由紀やおばあちゃんも連れてきたのに」

ぼくも紀美子も愛想笑いを浮かべて、「どうもすみません」と頭を下げる。

「夫婦水入らずなんてさあ、そういう歳じゃないだろ、もう。まいっちゃうよなあ、いつまでも仲がよくて、お二人さん」

がははっ、と笑う。

「でも、誕生日にウチで二人きりなんて、ちょっと寂しい話だよなあ」

だから——ぼくたちの暮らしを「寂しい」と切り捨てるような奴とは、ぼくも紀美子も付き合いたくないのだ。

「どうせだったら、今日、こっちに遊びに来てくれればよかったのに。由紀も喜ぶし、おばあちゃんだっているんだから」

一瞬、言葉の奥にトゲがのぞいた。

「せっかく東京に出てきたのに、和夫くんたちは全然顔出してくれないから、おばあちゃんも寂しがってるぞ」

それは、わかる。

ぼくは黙って発泡酒を啜《すす》り、紀美子も急にしゅんとして、「すみません……」と頭を下げた。

母と紀美子の間がしっくりいかなくなったのは、結婚して四、五年たった頃からだった。

理由はただひとつ、紀美子が子どもを産めなかったから、だった。

ぼくは田舎の農家の長男で、母も、それからぼくたちの結婚を見届けるようにして亡くなった父も、当然のように「いつかは和夫が『西村《にしむら》』の家を継ぐ」と決めてかかっていた。そして、当然のように「跡取りの子どもを産むのが長男の嫁の務め」という重圧を紀美子に与えていた。

母はぼくたちが帰省するたびに、子どものことを訊いてきた。ちゃんと説明はした。不妊治療の話も伝えた。頭では母も納得してくれていた。だが、現実に、子どものいない長男夫婦が家を継いでも、やがてその家は絶えてしまう。財産と呼ぶほどの土地はなくても、西村家そのものがなくなってしまうことは、母にとっては決して認められるような話ではなかったのだ。

紀美子が三十代の後半に入り、不妊治療を打ち切ったのを境に、母のまなざしはぼくたち夫婦には向けられなくなった。由紀の家には孫がいる。二人もいる。図々しいぶん如才もない勝利さんも、「いずれは秀平に西村の姓を継がせてもいいですから」と言って、母を感激させていた。

田舎の家を引き払うときも、ぼくたちは母と同居するつもりでいたのだが、母が選んだのは由紀の家族のほうだった。「由紀も子育てが大変だから」という口実をつけていても、おしゃべりな勝利さんは、訊いてもいないことをぺらぺらとしゃべる。

「やっぱりなあ、昼間は紀美子さんと二人きりになるわけだろう。それはお互いキツいと思うんだよ、俺も。そこんところ、ウチはほら、由紀はいちおう自分の娘だし、走り回るのが二人もいるから、ばたばたしてるぶん、気も紛《まぎ》れるもんなあ」――悪気なく、そういうことを言ってしまうひとなのだ、勝利さんは。

世話になっている。それは否定しない。勝利さんが同居を嫌がったら、母も由紀も、もちろんぼくも、困り果てていたはずだ。感謝しているし、今後どんどん年老いて体が思うように動かなくなるはずの母のことを考えると、もっと感謝しなければならないのだろう、とも思う。

「おう、どうした、和夫くん。ほら、飲んで飲んで」

「……あ、どうも」

「まあ、おばあちゃんのことは、俺にどーんと任せてくれればいいんだ。長男だの婿《むこ》だのなんて言ってる時代じゃないんだから、もう」

「……ありがとうございます」

「幸い、っていうのもアレだけどな、ウチの仕事もうまくいってるし、家族が一人増えたって、どうってことはないんだよ、どうってことは」

がははっ、と唾《つば》を飛ばして笑う。

税理士事務所を開業している勝利さんは、最近では経営コンサルタントの仕事も増やしている。由紀は家事や子どもの世話の合間に事務所の手伝いもしているから、母の同居は、勝利さんや由紀にとってもメリットのある話なのだ。

「でも、ほんとにアレだぞ、遠慮しないでいいんだから、いつでも遊びに来てくれよ。おばあちゃんだって、慣れない東京暮らしで、いろいろストレスも溜《た》まってると思うから、たまには聞き役になってやってくれ」

「……はい」

「孝行したいときに親はなし、だぞ」

「……そうですね」

「そういうものなんだよ、人生ってのは、うん」

義理の弟に、なにがつらくて人生を教わらなきゃいけないんだ。

焼きそばとタコ焼きを食べ散らかした優太と秀平は、「腹減ったー、おばちゃん、なんかないー？」と言いだし、テリーヌもウズラのローストも冷蔵庫から出すはめになった。

おばちゃん――と子どもたちが紀美子を呼ぶたびに、ムッとしてしまう。「ママ」とも「お母さん」とも呼ばれなかった紀美子が、なぜ無遠慮に「おばちゃん」呼ばわりされなければならないのだろう。

「おい、優ちゃん、秀ちゃん、タコ焼き一個残ってるだろう。それ先に食っちゃえよ」

勝利さんはテーブルの上のタコ焼きのパックを指差して言った。自分の子どもを「ちゃん」付けで呼ぶ男にろくな奴はいない、というのがぼくの持論で、勝利さんを見るたびに、その持論に自信が湧《わ》く。湧いてどうする、とは思うのだが。

「あ、じゃあ、俺食っていい？」

優太が爪楊枝《つまようじ》の刺さったタコ焼きに手を伸ばすと、秀平も「ぼくが食べるーっ、ぼくの、それ！」と負けじと手を伸ばす。

もみ合いになった。さっきまでは見向きもしなかったタコ焼きをめぐって、兄弟ゲンカが始まる――子どもっていうのは、ここまでバカな連中なのか？

テーブルの上の花瓶が危ない。あわてて椅子から腰を浮かせ、花瓶をどこかに移そうとした。優太はタコ焼きを秀平に奪われまいとして、爪楊枝を持った手を振り回す。

「優太くん、危ないわよ」

紀美子が声をかけた直後、爪楊枝からタコ焼きが抜けて、ぼくの胸に飛んできた。

よけきれなかった。

紀美子が見立ててくれたシャツに、当たった。


べっとりと、ソースの染みがついた。

服を着替えに寝室に向かったぼくの様子にただならぬものを感じたのだろう、洗面所でシャツを水洗いした紀美子は寝室に入ると、子どもを慰め、励ますように言った。

「だいじょうぶ、すぐに洗ったからだいじょうぶ、あとでクリーニングに出せば消えるわよ、あれくらい」

「……俺、あいつら、すぐに帰らせるから」

優太は謝らなかった。「あーあ、落ちちゃった」とタコ焼きのほうを心配していた。秀平は「おじちゃん、鬼みたいにガオーッて言ってみて」と、遊園地の的当てゲームのつもりになっている。そしてなにより、勝利さんは「うんうん、男の子は元気がいちばん！　ケンカをしてもすぐに仲直り！」と、わけのわからないことを言って笑っていたのだった。

許せない。帰らないのなら、腕ずくでもいいから、叩《たた》き出して……。

「わざとやったわけじゃないんだから、いいじゃない。ほら、元気出して」

「でも……悔しいよ、ほんと、アタマ来るよ」

「いいからいいから、はいはいはい」

ぼくの背中をポンポンと叩いて「ウズラのロースト、いちばん美味《おい》しいところはとってあるから」と笑う紀美子の大らかさが、泣きたいほどありがたくて、だから、泣きたいほど悔しい。

4

怒りをなんとか鎮《しず》めてリビングに戻ると、優太も秀平もけろっとした顔でプロレスごっこをしていた。「ごめんなさい」は、やはり――たぶん永遠に、ないのだろう。

勝利さんも、空になった発泡酒の缶を勝手に片づけて、「どうもいかんな、発泡酒は。アルコールが薄いから、生酔いのまま腹ばっかりふくれて」と言いだした。「なにか、もうちょっとキリッと酔える酒ないかな」

「……ウイスキーにしますか?」

「いや、ウイスキーって気分じゃないんだよな、いまは」

ひとの家で気分なんて言うな――怒鳴りつけることができるなら、どんなに気持ちいいだろう。

「紀美子さん、ワインないかなあ」

背筋を冷たいものが滑り落ちた。

紀美子も一瞬顔をこわばらせ、あわてててつくり笑いを浮かべて……サイドボードをちらりと見てしまった。

「うん？　あれ？　あそこにあるのって、ワインか？」

勝利さんは伸び上がってサイドボードに目をやった。無神経なくせに、そういうところだけはやたらと目ざとい。

「リボンが掛かってるってことは、お祝いのワインってことだな。よし、せっかくだから、よかったら、みんなで飲まないか」

よかったら——って、それは俺の台詞《せりふ》だろうが、俺の。

紀美子はためらいながらも、「そうですね、じゃあ、そうしましょうか」と言った。言わざるをえなかった。ぼくも愛想笑いを消すのがせいいっぱいの抵抗で、そんな抵抗にはなんの力もない。

「和夫くん、持ってこいよ、俺がコルク開けてやるから。ごちそうになるんだから、それくらいやらせてもらわないとな」

それは、ぼくの役目だったのだ。ラベルを紀美子に見せて、１９６２の数字を指差して、驚く紀美子ににっこりと微笑《ほほえ》みかけるはずだったのだ。

化粧箱からボトルを取り出した勝利さんは、ラベルをちらっと見ただけで、「これは、赤だな」と子どもでもわかるようなことを、もったいをつけて言った。

気づいていない。このワインの価値に。このワインにひそむ「物語」に。

「なんか古いな、コルク」

四十三年たってるんだよ、紀美子が生まれた年に瓶詰めされたワインなんだよ、気づいてくれ、わかってくれ、そしてこのワインにこめた俺の熱く深い夫婦愛におそれおののいて、とっとと帰ってくれ……。

コルクを抜いた勝利さんは、そのまま自分のワイングラスにどぼどぼと注いだ。渋みを帯びた赤――若いワインとは明らかに違う、長い年月だけがつくりだせる赤い色を、勝利さんは「おい、なんかこれ、色悪いなあ」と言い放つ。

「ま、いいや、ほら、和夫くんも紀美子さんも、飲んで飲んで」

「あの……このワイン……デカンタに移して少し時間をおいたほうが……」

「うん？　いいのいいの、そんな、客っていっても身内なんだから、気をつかわなくてもいいんだよ。無礼講でいこうや、なあ」

「そうじゃなくて……」

ひとの話など聞いてはいない。

勝利さんはガバッという音が聞こえそうな勢いでワインを飲み、複雑な表情になった。

「なあ、ひとんちのワイン飲んで文句言うのもアレなんだけど……ちょっと味がシブすぎないか？」

だから言ったのだ。

シャトー・ベイシュヴェル１９６２に、そして、このプレゼントに託した「物語」に、手をついて謝りたくなった。

眠れる森の美女が、目覚めた瞬間、荒くれ男に手込めにされてしまった

——そんな気が、した。

デカンタにワインを移しても、短気でせっかちな勝利さんは、ワインが花開くのを待ちきれない。「そろそろかな？」とデカンタからグラスに注いでは一口飲み、「まだシブいなあ」と顔をしかめ、「もうちょっと待ったほうがいいみたいだぞ」と自分で言っておきながら、一、二分もしないうちに「もういいだろ」とグラスに注ぎ、やっぱりまた顔をしかめる。

ぼくも紀美子も、空のグラスを前に置いたまま、じっとデカンタを見つめる。

紀美子はわかってくれている。このワインの持つ、いや、ぼくたち自身の「物語」の重みを。だから、まだ、飲まない。眠りから覚めたワインが完全に花開くのを待ちつづける。

だが、すでにデカンタの中身は半分ほどに減ってしまった。酔うのはあきらめた。せめて味わいたい。四十三年という歳月を、この舌で、味わってみたい。
勝利さんはまたデカンタを手に取った。
「おっ、さすがに、そろそろいい感じになってきたかな？　どうかな？
まだシブいかなあ……うーん……どうなんだろうなあ……」
ごく、ごく、ごく、とワインを飲む。
飲んだぶんをデカンタから注ぎ足す。
残りは三分の一ほどになってしまった。あとは、勝利さんの飲むペース
とシャトー・ベイシュヴェル１９６２が完全に花開くまでの時間との競争
になる。
速い——勝利さんのほうが、はるかに。
残り四分の一、と思う間もなく五分の一になって……もうだめだ、ここ
で飲むしかない、と覚悟を決めた、そのとき——。
新たに注いだワインを口に含んだ勝利さんの表情が変わった。ごくん、
と飲み干して、「おおっ」と声をあげる。「美味《うま》いぞ、これ、ほんとうに美

味いぞ……」

ちょっともう一杯、と勝利さんはデカンタに手を伸ばす。そうはさせるか、とぼくもあわてて手を伸ばす。

勢いがつきすぎた。

腰高のデカンタは、お洒落《しゃれ》なデザインをしているぶん、安定が悪すぎた。シャトー・ベイシュヴェル１９６２は、満開のまま、はかない命をテーブルと床に散らしてしまった。

勝利さんと子どもたちは帰ってしまった。

ぼくは見送らなかったし、彼らもそんなもの要らないと思っていただろう。

玄関のドアを乱暴に閉める音が、リビングにいても聞こえる。憤然とした勝利さんの顔が、見なくても、くっきりと浮かぶ。

怒鳴りつけたのだ。思わぬぼくの剣幕にきょとんとする勝利さんの胸ぐらをつかみあげて、「出て行け！」と怒鳴ったのだ。

後悔はない。申し訳なさなど、かけらもない。これからのこと――いまは考えるのはよそう。

紀美子がリビングに戻ってきた。

「怒ってたよ、勝利さん。もう二度と来ない、って」

「……いいよ、ほっとけ」

「まあ、でも、またけろっとして電話かけてくるような気もするけどね」

ぼくも、そう思う。

そう思ってしまうことが悔しくて、腹立たしくて、情けなくて、けれどなぜだろう、頬は自然とゆるんでしまう。紀美子も笑っていた。「まいっちゃうよね、ほんと」とため息をつきながらも、苦笑いの顔に浮かぶのは、まんざら苦みだけというわけでもなかった。ぼくたちは、よほどおひとよしの夫婦なのだろう。

「ごめんね」

「なにが？」

「あなたにキツい思いさせちゃって。お義母《かあ》さんのことも、ほんとに、ごめんなさい」

そんなことない、とぼくはかぶりを振る。絶対に、それは、おまえのせいじゃない。

ぼくたちは、この暮らしを二人で選んだのだ。客が来なければ食卓の椅子が埋まらない夫婦だけの暮らしを「寂しい」と呼ぶひととは——何度でも言う、ぼくは決して付き合いたくない。

「誕生日のプレゼント、いただきまーす」

「……え？」

紀美子は空のボトルをまっすぐ逆さにして、グラスの上にかざした。

底に残っていたワインが、ひとしずくだけ、ぽとん、とグラスに落ちた。

「理屈から言ったら、デカンタに移してたのと同じだもんね」

グラスを傾け、最初で最後のシャトー・ベイシュヴェル１９６２を、そ

っと舌に載せる。目を閉じて、ゆっくりと時間をかけて味わってから、

「美味しい……」と言う。呑み込むまでもなく、ひとしずくのワインは舌に染みていったのだろう。

紀美子は目を開けて、ぼくを見つめ、「ありがとう」と言った。

「ハッピー・バースディ」とぼくは言う。

紀美子の目から、透き通ったひとしずくが、揺れながら頬に伝い落ちた。

本書は、平成二〇年七月に角川文庫より刊行した『みぞれ』を底本に加筆修正し、再編集したものです。

100分間《ぶんかん》で楽《たの》しむ名作小説《めいさくしょうせつ》

みぞれ

重松《しげまつ》 清《きよし》

令和 6 年 11月25日　初版発行

発行者●山下直久

発行●株式会社KADOKAWA
〒102-8177　東京都千代田区富士見2-13-3
電話 0570-002-301（ナビダイヤル）

角川文庫 24405

印刷所●株式会社暁印刷
製本所●本間製本株式会社

表紙画●和田三造

●お問い合わせ
https://www.kadokawa.co.jp/（「お問い合わせ」へお進みください）
※内容によっては、お答えできない場合があります。
※サポートは日本国内のみとさせていただきます。
※Japanese text only

ISBN 978-4-04-115252-2　C0193

◇◇◇

角川文庫発刊に際して

角川源義

第二次世界大戦の敗北は、軍事力の敗北であった以上に、私たちの若い文化力の敗退であった。私たちの文化が戦争に対して如何に無力であり、単なるあだ花に過ぎなかったかを、私たちは身を以て体験し痛感した。西洋近代文化の摂取にとって、明治以後八十年の歳月は決して短かすぎたとは言えない。にもかかわらず、近代文化の伝統を確立し、自由な批判と柔軟な良識に富む文化層として自らを形成することに私たちは失敗して来た。そしてこれは、各層への文化の普及滲透を任務とする出版人の責任でもあった。

一九四五年以来、私たちは再び振出しに戻り、第一歩から踏み出すことを余儀なくされた。これは大きな不幸ではあるが、反面、これまでの混沌・未熟・歪曲の中にあった我が国の文化に秩序と確たる基礎を齎らすためには絶好の機会でもある。角川書店は、このような祖国の文化的危機にあたり、微力をも顧みず再建の礎石たるべき抱負と決意とをもって出発したが、ここに創立以来の念願を果すべく角川文庫を発刊する。これまで刊行されたあらゆる全集叢書文庫類の長所と短所とを検討し、古今東西の不朽の典籍を、良心的編集のもとに、廉価に、そして書架にふさわしい美本として、多くのひとびとに提供しようとする。しかし私たちは徒らに百科全書的な知識のジレッタントを作ることを目的とせず、あくまで祖国の文化に秩序と再建への道を示し、この文庫を角川書店の栄ある事業として、今後永久に継続発展せしめ、学芸と教養との殿堂として大成せんことを期したい。多くの読書子の愛情ある忠言と支持とによって、この希望と抱負とを完遂せしめられんことを願う。

一九四九年五月三日

角川文庫ベストセラー

かっぽん屋　重松 清

汗臭い高校生のほろ苦い青春を描きながら、えもいわれぬエロスがさわやかに立ち上る表題作ほか、摩訶不思議な奇天烈世界作品群を加えた、著者初のオリジナル文庫！

疾走（上）（下）　重松 清

孤独、祈り、暴力、セックス、殺人。誰か一緒に生きてください——。人とつながりたいと、ただそれだけを胸に煉獄の道のりを懸命に走りつづけた十五歳の少年のあまりにも苛烈な運命と軌跡。衝撃的な黙示録。

哀愁的東京　重松 清

破滅を目前にした起業家、人気のピークを過ぎたアイドル歌手、生の実感をなくしたエリート社員……東京を舞台に「今日」の哀しさから始まる「明日」の光を描く連作長編。

うちのパパが言うことには　重松 清

かつては1970年代型少年であり、40歳を迎えて2000年代型おじさんになった著者。鉄腕アトムや万博に心動かされた少年時代の思い出や、現代の問題を通して、家族や友、街、絆を綴ったエッセイ集。

みぞれ　重松 清

思春期の悩みを抱える十代。社会に出てはじめての挫折を味わう二十代。仕事や家族の悩みも複雑になってくる三十代。そして、生きる苦みを味わう四十代——。人生折々の機微を描いた短編小説集。

角川文庫ベストセラー

きまぐれ星のメモ　星新一

日本にショート・ショートを定着させた星新一が、10年間に書き綴った100編余りのエッセイを収録。創作過程のこと、子供の頃の思い出——。簡潔な文章でひねりの効いた内容が語られる名エッセイ集。

きまぐれロボット　星新一

お金持ちのエヌ氏は、博士が自慢するロボットを買い入れた。オールマイティだが、時々あばれたり逃げたりする。ひどいロボットを買わされたと怒ったエヌ氏は、博士に文句を言ったが……。

ちぐはぐな部品　星新一

脳を残して全て人工の身体となったムント氏。ある日、外に出ると、そこは動くものが何ひとつない世界だった(「凍った時間」)。SFからミステリ、時代物まで、バラエティ豊かなショートショート集。

きまぐれ博物誌　星新一

新鮮なアイディアを得るには? プロットの技術を身に付けるコツとは——。「SFの短編の書き方」を始め、ショート・ショートの神様・星新一の発想法が垣間見える名エッセイ集が待望の復刊。

宇宙の声　星新一

あこがれの宇宙基地に連れてこられたミノルとハルコ。〝電波幽霊〟の正体をつきとめるため、キダ隊員とロボットのプーボと訪れるのは不思議な惑星の数々。広い宇宙の大冒険。傑作SFジュブナイル作品!

角川文庫ベストセラー

地球から来た男　星　新一

おれは産業スパイとして研究所にもぐりこんだものの、捕らえられる。相手は秘密を守るために独断で処罰するという。それはテレポーテーション装置を使った地球外への追放だった。傑作ショートショート集！

おかしな先祖　星　新一

にぎやかな街のなかに突然、男と女が出現した。しかも裸で。ただ腰のあたりだけを葉っぱでおおっていた。アダムとイブと名のる二人は大マジメ。テレビ局が二人に目をつけ、学者がいろんな説をとなえて……。

ごたごた気流　星　新一

青年の部屋には美女が、女子大生の部屋には死んだ父親が出現した。やがてみんながみんな、自分の夢をつれ歩きだし、世界は夢であふれかえった。その結果……皮肉でユーモラスな11の短編。

竹取物語　星　新一＝訳

絶世の美女に成長したかぐや姫と、5人のやんごとない男たち。日本最古のみごとな求愛ドラマを名手がいきいきと現代語訳。男女の恋の駆け引き、月世界への夢と憧れなど、人類普遍のテーマが現代によみがえる。

城のなかの人　星　新一

世間と隔絶され、美と絢爛のうちに育った秀頼にとって、大坂城の中だけが現実だった。徳川との抗争が激化するにつれ、秀頼は城の外にある悪徳というものの存在に気づく。表題作他5篇の歴史・時代小説を収録。

角川文庫ベストセラー

きまぐれエトセトラ　星　新一

何かに興味を持つと徹底的に調べつくさないと気がすまないのが、著者の悪いクセ。UFOからコレステロールの謎まで、好奇心のおもむくところ、調べつくす〝新発見〟に満ちた快エッセイ集。

声の網　星　新一

ある時代、電話がなんでもしてくれた。完璧な説明、セールス、払込に、秘密の相談、音楽に治療。ある日マンションの一階に電話が、「お知らせする。まもなく、そちらの店に強盗が入る……」。傑作連作短篇！

きまぐれ体験紀行　星　新一

好奇心旺盛な作家の目がとらえた世界は、刺激に満ちている。ソ連旅行中に体験した「赤い矢号事件」、マニラで受けた心霊手術から断食トリップまで。内的・外的体験記7編を収録。

あれこれ好奇心　星　新一

想像力が止まらない！　ショートショート1001篇を完成させ、〝休筆中〟なのに筆が止まらない!?　〈ホシ式〉休日が生んだ、気ままなエッセイ集。

きまぐれ学問所　星　新一

本を読むのは楽しい。乱読して、片端から忘れていくのも楽しいけれど、テーマ別に集中して読めば、もっと楽しい。頭の中でまとまって、会話のネタにも不自由しません。ホシ式学問術の成果、ご一緒にどうぞ。